Das Jesuiterhütlein

Johann Fischart

Johann Fischart

Die Wunderlichst Vnerhörtest Legend vnd Beschreibung

Des Abgeführten / Quartirten /Gevierten vnd Viereckechten Vierhörnigen Hütleins

Samt Vrsprungs derselbigen Heyligen Quadricornischen Suiterhauben vnd Cornutschlappen: Etwan des Schneiderknechts F. Nasen gewesenen Meysterstücks

Gestellt zu Vierfach Ablaßwürdiger Ergetzlichkeyt den Lieben Vierdächtigen Ignazischen Vierhornigen Quadricorniten / vnd Luguiollischen Widerhörnigen Cornuten: Oder (wie sie gern heysen) Jesuiten / oder Würdigen Herrn der Societet Jesu: Auch zu gefallen dem obberürten Meyster-Haysen /das er daß Neu Meysterstück dises Würffelhütleins / Vrth-ym vnd beisasen wölle

Alles Durch Jesuwalt Pickhart /den Vnwürdigen Knecht der Societet der Glaubigen Christi

Anno M. D. LXXX.

Vom Vrsprung des Abgeführten, Gevierten, Quartirten, Vierhornigen vnd Viereckechten Hütleins: Oder der Heiligen Quadricornischen Cornutschlappen vnd Suiterhauben.

Sampt eingemischter Außlegung der drei Gehörnten vnd Vermummten Geystlichen Butzenkleydungen des Versuchers inn der Wüsten.

Auch eygentlicher Anzeygung des waren Spanischen Vrsprungs der Jesuwider, vnd jrer Vierhornigen Pflicht, Geheymer Ordensgelübd, Regel, Leben, Griff, Dück, Glenck vnd Renck.

Alles zu Vierfach Ablaßwürdiger Ergetzlichkeyt, den Lieben Vierdächtigen Ignazischen Quadricorniten, vnd Lugvollischen Widerhörnigen Cornuten: Oder (wie sie gern heysen) Jesuiten, oder Herrn der Geselschafft Jesu, geschriben.

Durch **Jesuwaltum Pickhart von Mentz**, den Knecht der Bruderschafft Christi, des Waren Ecksteyns.

Nvn hört zu all Vier Eck der Erden,
Ja jhr Vier Welt hört zu on bschwerden,
Woher hie auff all End vnd Eck
Alles Vbel sich her erstreck.

Bald nach des Herren Himmelfart
Der Lucifer sich kümmert hart,
Das jhm sein Finster Höllenmacht

Zerstört het Christi Helle Macht,

Vnd jhm sein Tückisch List vnd Pracht

Het gar entdeckt vnd klar gemacht,

Vnd baß als Herculis Gedicht

Den Cerberum gebracht ans Liecht,

Also daß jetzt die Welt anfing,

Entweder jhn zuachten gring,

Oder gleich ab seim Plick zuscheuen

Vnd gäntzlich jhne zuverspeuen.

Darumb, damit er solcher Not,

Ehe sie werd gröser, bald thu Rhot,

Hat er darauff gleich inn dem Jar,

Da S. Johan ward Offenbar,

Was der Trach mit sein Treien Thieren

Vnd jhren Hörnern werd außführen,

Sich auß eym rechten Grimm gestellt

Auff die Kreutzstraß der gantzen Welt,

Hat zur hand gnommen eyn Cornet,

Welch vier Außgäng vnd Rachen het,

Vnd durch diß Schrecklich Gräuselhorn

Blasen mit solchem Ernst vnd Zorn,

Daß alle Teuffel, seine Gsellen,

Zustoben, als brennts inn der Hellen,

Gleich als wann Cyclops rufen thet,

Da man jhms Aug außgstochen het,

Oder als käm Christus herwider

Vnd riß noch eyns die Hell hernider.

Als er nun sah sein Erbar Gsind,

Welchs zu Vnerbarm nur ist gschwind,

Da stehn vnd warten, was er sag,

Da fieng er an eyn solche Klag:

»O Muckenfürst Beelzebub,

O Abdon auß der Heuschreckgrub,

O du Meerfürst Leuiathon,

Vnd du Verderber Apollyon,

O Ochssenghörnter Behemot,

O Legion vnd Astharot,

Auch du Vnbändiger Belial,

Vnd jhr Welt vnd Feld Theufel all,

Jhr wüßt, wie Vnser Reich vnd Macht

War vor der Zeit so Hoch geacht

In aller Welt, bei allen Heyden,

Die vns Dienten on Vnterscheyden.

Wir machtens Ernsthaft oder Schimpflich,

Wir fiengens an Grob oder Glimpflich,

So wars alls bei jhn angesehen,

Mußt alls ins Schöpfers Namen gschehen.

Wan wir vns schon erzeygten Greulich

Mit Kloen, Hörnern gar Abscheulich,

Noch wards bei jhnen Heylig ghalten,

Nur weil es waren Vngwont Gstalten.

Dan sie hatten jhn eingebildt,

Das Heylig müß auch sehen Wild,

Was Starck ist, müß auch haben Hörner,

Was Klogen hab, das wehr sich gerner.

Also war an Vns alls ansehlich,

Das Scheutzlichst war an vns nicht Schmehlich.

Da Dorfften wir vns nicht Vermummen,

In Gstalt der Engel des Liechts kummen;

Wan wir schon wie Geyßmänlin kamen,

Für Gott vnd Pan sie Vns auffnamen:

Wir machtens Gecklich oder Schrecklich,

So folgten sie Vns allzeit Kecklich.

Allda sasen wir steiff im Nest,

Hatten Ruhig ein die Palläst;

Aber seidher, das kommen ist

Ein Stärckerer, der sich nennt Christ,

Der, gleich wie Hercules das Horn

Dem Achello außriß im Zorn,

Vnd brauchts zum spott für Blumenscherben,

Also durch sein Schwacheyt vnd Sterben

Auch Vnser Horn Vnd Stärck Zerbrach,

Daß mans nun hällt für Spott vnd Schmach.

Ja, durch Demut, on Hörner, Klogen,

Hat er den Harnisch Vns abzogen

Vnd dise Hörner vns Zerrissen,

Darauff wir Vns sonst stäts verliesen,

Hat Vnser Boßheyt nun der Welt,

Entblößt vom Harnisch, fürgestellt,

Daß man vns nun in Busen sicht,

Wie alles sei auffs Böß gericht,

Vnd das wir auß der Vrsach seien

Als Feind Menschlichs Geschlechts zuscheuen,

Ja, hat entdeckt, daß Vnser Horn

Nit mehr Vermög dan Gottes Zorn,

Vnd mit den Hörnern nit mehr schaden,

Dan so vil Vns die Leut gestatten.

Seidher so fangt an Jederman

Dem Nazarener hangen an,

Vnd wird all Vnser Macht Vernicht,

Vnd werden gscheucht bei disem Liecht.

Sie wölln keyn Hörner sehen mehr,

Darmit wir sie genärrt han sehr;

Die Klogen wollen sie nicht wissen,

Darmit wir sie vor zu Vns rissen.

Wie sollen wir jhm thun nun dan?

Wollen wir darumb abgehn Lan

Diß Reich, welchs Vns ist Vorbereyt

Sampt alln Gottloßn von Ewigkeyt?

Wollen wir darumb sincken lan

Vnsere böß Art, die wir han?

Neyn warlich, bei dem Fegfeur nitt,

Laßt vns pleiben bei altem Sitt,

Laßt vil mehr Boßheyt Vns erzeygen,

Je mehr man Vns will vbersteigen.

Es müßt die Welt ehe Vndergehn,

Ehe wir von Vnserer Art abstehn.

Derhalben hört mir zu mit fleiß,

Auff was Verzweiffelt Weg vnd Weiß

Ich seidher in meim langen Leyd

Gedacht hab, mich zurechen heut:

Ich hab erfunden eynen List,

Der aller List eyn Außbund ist.

Dieweil ich merck, wie obgedacht,

Daß Vnser Hörner man veracht,

Oder sie scheucht, alsbald mans sicht,

Vnd jhnen nicht die Ehr geschicht,

Wie in Calcut jhn widerfährt,

Da Vnser Scheutzlichst Gstalt man ehrt,

So will die Hörner ich wol bhalten,

Aber auff Heylig Art sie Gstalten,

Vnd sie so schön Anmütiglich

Verstellen, das man wunder sich,

Vnd gleichwol drunter sein Verstecken

Vnser Hörner, die sie sonst schrecken.

Dan on Hörner, wie jhr wol secht,

Kan Vnser Reich nit stehn Auffrecht.

Wir müsen stäts nach Vnserm Brauch

Eyn Zell bei Gotts Kirch bauen auch.

Also, weil Gotts Lamm Hörner führet,

Vns als Trachen es auch gebüret;

Vnd weil Gott heyßt des Heyls eyn Horn,

Wollen wir Hörner sein voll Zorn.

Doch also, daß der Zorn fein schein

Der Allerheyligst Eiffer sein.

I.

Vnd Erstlich wollen wir zur hand

Auß aller Farb Thuch vnd Gewand,

Auß Weiß, Schwartz, Blo, Gelb, Rot vnd Gro

Eyn Eynigs Spitzhorn machen do.

Das soll zusammen gnähet sein

Auß Faulkeyt vnd Eynfaltigem Schein,

Mit der Nadel der Heuchelei

Vnd dem Fadem der Teuscherei,

Vnd soll heyssen eyn Kuttenkapp,

Wie ichs dan schon hie gschnitten hab.

Dan jhr wüßt, daß ich in der Wüsten,

Als ich Gotts Son wolt vberlisten,

In der Ersten Versuchung hab

Gebraucht dise Einsidlerkapp,

Als ich inn seiner Hungersnot

Sprach: ›Mach auß disen Steynen Brot.‹

Deßhalb könt jhrs nun machen bald,

Weil jhr vor euch secht die Gestalt.«

Die Jungen Teuffel flugs darüber,

Thaten all jhr lebtag nichts lieber,

Vber stachen die Kutt behend,

Daß sie im schnaps gleich was Vollendt,

Vnd zogens an dem Abadon,

Zusehen, wies jhm an thet stohn.

Sie stund jhm wol, er kehrt sich vmb,

Ließ eynen Furtz Vnd macht sie frumb.

Hiemit war Sie Geweihet ein,

Daß sie eyn Bubendeck solt sein.

Alsbald befahl der Satan drauff,

Daß flugs eyn gantzer Teuffelshauff

Gleich wie Heuschrecken dahin flogen,

Welche diß Kuttenhorn Voll Plogen

Durch dic gantz Welt hin theten führen,

Vnd in all Winckel einfuhriren.

Da steckts noch, on die sie außziehen

Oder im Hertzen sehnlich fliehen.

II.

Da nun Diß Kapphorn fertig was,

Sagt Lucifer drauff weiter das:

»Nun haben wir das eyne Horn,

Drinn wir Verkauffen Vnsern Zorn,

Welchs Vns wol wird Versehen künnen,

Vnd Vnserm Reich sehr Vil gewinnen.

Weil Vns das Handwerck dan so wol

Abgeht mit disem Jetzumol,

Müsen wir andre mehr Zurüsten.

Nun wüst jhr, Daß wir in der Wüsten

Zum andern mal, als wir Gotts Son

Auffs Tempels Zinn gestellet hon,

Waren Prelatisch schön Verkleyd

In Seidnem Talar, Lang vnd Breyt,

Vnd hatten darzu auffgesetzt

Zwey Hörner, mit Vil Gsteyn Versetzt,

Wie jhr dan hie Vorgschnitten secht.

Secht, daß jhrs nur nachmachen recht,

Dan es wird eyn Prelaten Ghürn,

Welchs Ziert der Aebt vnd Bischoff Stirn,

Wird eyn Herlicher Bischoffshut,

Der sich erhebt von Zeitlich Gut

Vber die ander Herd alleyn.

Durch Prächtischen Vorsteherschein,

Durch Heylgen Pracht vnd Höflichkeyt

Vnd durch Hochprächtisch Heyligkeyt

Führt in Versuchung er die Leut,

Auch durch Vnmöglich Glübd vnd Eyd,

Drob Vil jhr Seligkeyt Verkürtzen

Vnd vbern Tempel den Halß stürtzen.

Deßhalb, Du Zweyhorniger Hut,

Gefallst mir wol mit disem Mut,

Acht nicht, was Dir Gotts Wort Verkünd,

Preiß du darfür der Menschen Fünd,

Regier vnd Reformier im Tempel

Nur mit Gepräng, Gsäng, Schall vnd Grempel,

Diß wird dich äuserlich Hoch setzen:

Was achtst des Worts Heymlichs ergetzen?

Wan Du das Wort woltst Viel Hoch Ehren,

So müst dasselb auch Predigen, Lehren.

Aber vom äussern heyst Hochwürdig,

Im Lehren solt du sein Kleynbürdig;

Dan du dein Ampt, die Schaaf zuweyden,

Kanst andern Geringern bescheyden,

Vnd darneben mit Bann vnd Zwang

Den Gwissen machen Angst vnd Bang,

Kanst dise nagen, tringen, Zwingen,

Dern Almusen du thust verschlingen,

Kanst auß andrer Leut Schweys vnd Blut

Treiben dein Hofpracht vnd Hochmut;

Vnd andre, die dich müsen nehren,

Müsen als Heylig dich noch Ehren.

O wie eyn Heyligkeyt on That,

Die nur auff Müsiggang bestaht!

O Geystlichkeyt, im Gsang nur Geystlich,

Ja, auch im Gsang on ernst vnd Fleyschlich!

Also muß man in meim Reich hausen,

Laß man mir diß Getheylt Horn mausen;

Dan es wird Mosis Hörner führen

Allein zum Herschen vnd Regiren

Vnd doch darneben fein fürwenden,

Es führ von den Zwey Testamenten

Sein Zwey Hörner, damit zudeiten,

Daß es sie wiß zu Beyden Seiten,

So ich doch solche Ghörnte Mitzen,

Die nur zur Ehr, zur Lehr nichts nützen,

(Gleich wie Hirtzhörner, so sind schön,

Aber vorm Jäger nicht bestehn),

Von Aarons Guldnem Kalb hernam

Vnd den zwey Kälbern Jeroboam,

Auch vom Heydnischen Bacho her,

Der auch führt Hörner nicht Vngfähr,

Damit ich durch solch Toppelhorn

Könt vben Scheinbarn Toppelzorn.

Deßhalb, jr Gsellen, wacker dran,

Greifft die Zweyhörnig Hauben an,

Vernähet drein die Hoffart Geystlich,

Durch die Nadel der Herschung Fleyschlich,

Mit Fadem der Schaaf Schinderei,

So wirds eyn Toppel Cornut frei;

Stickts mit den Perlein Reicher Gschenck

Vnd mit dem Gsteyn Vneingedenck:

So wirds eyn Hoher Horniger

Vnd eyn Hoffertig Zorniger.«

Auff solch Luciferisch Gebott

Macht sich gleich drüber die Ghörnt Rott,

Nähet diß Falsches Bischoffshorn

Vnd stickt eyn Heylgen drein davorn,

Der hielt eyn Krummen Hirtenstecken,

Vnd thet zwen Gsalbt Finger auffrecken,

Vnd trug drei Gulden Kugeln Schwer,

Zuzeygen, was diß Ghürn beger.

Als es nun gar war außgemacht,

Setzten sies auff mit grosem Pracht

Ihrem Fürsten, dem Behemat,

Dem reimt sich auff sein Ghürn gar glatt,

Vnd stund jhm sehr wol sunderlich,

Weil er wie Janus Wunderlich

Zwey Angesicht het an eym Kopff,

Vnd sah auch hinden zu am Schopff.

Darauff sich recht diß Thailhorn schickt,

Wohin er hinden, vornen Plickt,

Man neygt sich vor jhm, als wers Gott,

Vnd bracht bald eyn Haufen Kükot,

Das Ghürn Zuweihen und zuschmieren

Zur Macht, daß es mög Chrisamieren.

Hierauff, als es nun fertig war,

Befahl der Satan also par.

Daß es des Behemots Gesind

Solt führen durch die Welt geschwind,

Fein eingemacht in Bisamsladen,

Auff daß diß Zart Ghürn Leid keyn Schaden.

Daher erstrecken sich noch heut

Dise Prelatenhörner weit,

Vnd wird jhn angethan groß Ehr,

Gar nicht Vonwegen jhrer Lehr,

Sonder vmb jhre Pracht vnd Macht,

Die jhnen hat Letz Andacht bracht.

III.

»Nun ist diß Ghürn auch gfertigt ab,«

Sprach Satan; »O daß es Glück hab!

Aber wir haben noch dahinden

Das Hauptgehürn, darnach wir gründen,

Da Trei Hörner zusammen gehn

Vnd Trifach auff eynander stehn,

Ist wie eyn Eynhorn außgespitzt,

Da zu Oberst eyn Kreutz auffsitzt,

Welches dan ficht gar Mayestetlich,

Vnd beinach, wie jhr secht, gar Göttlich.

Daher wirs dan zu Schmach vnd Leyd

Der Eynigen Treifaltigkeyt

Fürs Dritt Versuchstuck in Der Wüsten

Brauchten wider den Gott der Christen,

Als wir jhn auff den Berg han gstellt

Vnd jhm gezeygt die Schätz der Welt.

Ja, ich, als die Alt Schlang, hat auch

Diß Gtrifacht Ghürn damals im prauch,

Als ich im Paradyß Verführt

Die Ersten Eltern durch Begird.

Darumb billich Diß Trifach Ghürn

Ziert eyns Trifachen Bößwichts Stirn.

Billich trägt Diß Haupthorn eyn Haupt,

Welchs eben Gott wie ich auch glaubt,

Vnd beyds von Gott vnd Menschen raubt,

Vnd alles vmb Par Gelt erlaubt,

Ja, dise Bestia vnd Bepstia,

Die ich zum Irdisch Gott mach nah.

Insumma, es gebürt dem Thier,

Welchs ich bracht auß dem Abgrund für,

Vnd setzt es in den Stul auffs Küssen,

Auff daß all Welt jhm fall zun Füssen;

Ja, meim Statthalter muß es gbüren,

Der Leiblich für mich soll Regiren

Hie vnder eynes Papstes Namen,

Der mich dan nimmer wird beschamen,

Dieweil er stäts wird dran gedencken,

Wer jhm diß Trippel Ghürn thet schencken.

Er wird von wegen Danckbarkeyt

Vns stäts zudienen sein bereyt,

Wird sich befleissen, Vnser Reich

Zuerhalten sampt seim zu gleich,

Es gschech mit Vnrecht oder Recht,

Es kost gleich Herren oder Knecht;

Ja, solts auch kosten Potentaten,

So tringt ers durch durch Ghörnt Prelaten.

Drumb hör, Beelzebub, Greifs an,

Der Zeug ligt hie schon auff dem Plan,

Vnd ist gar Just nach Vnsern Proben,

Vnd ich hab Vnden vnd Daroben

Schon angefangen vnd drein gnäht

Des Judas Seckel vnd Geräth,

Deßgleichen auch die Simonei

Vnd die groß Pfrundendieberei,

Auch vmb das Primat Horn den streit

Vnd all Nachgirigkeyt vnd Neid,

Auch Wollust, Ehrgeitz vnd Meyneyd,

Vnd Verfluchung der Oberkeyt,

Gifft, Auffrhur vnd Verrhäterei,

Die Sodomy vnd Zauberei.

Jhr andre näht die Lugen drein

Vnd den Trüglichen Augenschein.

Hie habt jhr guten Judenzwirn

Von Menschensatzung zu dem Ghürn;

Hie nembt die Nadel der Durchächtung,

Des Banns, Blutdursts vnd der Anfechtung.

Du, Mammon, sticks voll Edelgsteyn

Von Schätzen der Welt, die mein sein;

Stick drein die Falsch Donation,

So die Keyser solln han gethon,

Stick drein die Vnzalig Gestifft,

Den Meßkram vnd die Bullenschrifft,

Den Ablaßkast vnd die Annaten,

Die Pallia vnd Reseruaten;

Dan solch Perlein diß Ghürn mehr zieren,

Als die auß Indien man thut führen.

Auch solt jhr sticken zu eym Schein

S. Petrum mit dem Schlüssel drein,

Dan diß Horn wird sein Fischer Netz

Prauchen zu Fischung der Welt Schätz.

Wolan, ich sech, jhr machts gar gut,

Jhr habt darzu eyn sondern Mut:

Jhr merckt, daß es euch auch wird frommen,

Wan es zu seim Besitz wird kommen,

Deßhalb macht euch vil Irrgäng drinnen,

Gleich wie in Binenkorb die Binen.

Wolan, du Belial, must es Firmen,

Dan diß Ghürn soll manch Horn noch stürmen,

Vnd sich an jhre stell eintringen.

Nun thu die Firmung gleich herpringen,

Misch Hellisch Feur vnd Pech zusammen,

Vnd Kolen auß der Fegfeurflammen,

Vnd mein Schweyß, der hart ist wie Stahl,

Vnd Firms vnd Schmiers wol vberal;

So wird mit Lügen, Kriegen, Trügen

Keyn Teuffel nimmer jhm ansiegen,

Man wöll dan vor durch Degradiren

Dise Weihung von jhm Purgiren.«

Als nun war eingesalbt diß Schmär,

Nam diß Gsalbt Horn selbst Lucifer

Vnd setzt es auff, vnd spey gleich Feur,

Vnd stellt sich also Vngeheur,

Daß den Teuffeln verging das Lachen,

Vnd sahen saur zu disen sachen,

Biß eynsmals er da vberpürtzelt

Vnd eynen Teuffel herauß fürtzelt,

Der trug eyn Roten Schäubenhut

Vnd führt recht eyn Cardinals mut.

Der nam das Gschraubt Horn, führts im schnaps

Gen Rom, da man gleich wehlt eyn Papst

Auff all den Schlag, wie Satan meldt.

Seidher ist noch die Arme Welt

Mit dem Trifachen Ghürn beladen

Vnd kan nichts stifften dan nur schaden.

III.

Nun weiß ich, daß jhr, die diß Lesen,

Werd dencken, daß an den Trei Bösen

Vnd disen Teuffelshörnern Trei

Vnglücks genug auff Erden sei.

Diß han die Teuffel auch gedacht,

Die vor han die Trei Ghürn gemacht,

Man hab sich an der Christen pochen

Mit vorigen Hörnern gnug gerochen.

Aber der Grimmig Lucifer

Kam erst ins Wüten wie eyn Bär,

Der nicht ablaßt von seinem Prummen,

Biß er sicht alles niderkummen.

Er schüttelt den Kopff, verkehrt das Gsicht,

Er schwitzet Pech vnd het die Gicht,

Als wolt zu Delphos er Weissagen,

Wan man von Schwartzem jhn thet fragen.

Vber eyn weil, als er kam wider

Zu jhm selbst, sprach er: »Hört, jhr Brüder,

Wie aber, wan vns vnser Tück,

Vnd die Verhornte Bubenstück

Mit gmeltem Ghürn, welchs wir außschicken,

Vileicht wolt fählen vnd nicht glücken,

Wie es Vns dan hat gfählet grob,

Vnd sein Wüst angeloffen drob,

Als wir die Trei Horn in der Wüsten

Versuchten an dem Gott der Christen,

An dem die Trei Anläuff vnd Stöß

Mit den Trei Hörnern scharff vnd Böß

Eben so wenig han Verfangen,

Als der da Strohalm braucht für Stangen.

Drumb darf es wol Aufsehens hie.

Hie habt nun acht, hie hat es Müh,

Hie gilt es schnaufens, hie gilts schwitzen,

Meh dan die in der Höllen sitzen.

Diß hat vns lang den Kopff zerprochen,

Biß wirs eynmal auß konten kochen.

Derhalben gebt nun acht darauff,

Hie ligt der Schwantz vnd Kopff zu hauff.

Hie kompt das Stichblatt nun herfür,

Darauff ich setz mein Glück gar dürr.

Ich hab vor das Eß, Sau vnd Dauß

Der Schellen, Klee, Hertz gworffen auß,

Aber hie bhalt ich zu dem Stich

Die Eycheln Sau, die regt nun sich

Die muß es gwinnen on all zweifel,

Oder es muß gar han den Teufel,

Es hab mir dan eyn Ketzerisch Art

Vileicht gesehen in die Kart,

Vnd diß verworffen, drauff ich harr:

Da het ich warlich wüst die Plarr.

Aber ich hoff, es soll Vns glücken,

Dieweil wir ja nichts han zuschicken

Mit der Person selbst des Weibs Samen,

Sonder denen, so führn sein Namen,

Darunder sich vil Lauge Christen

Vnd vnsers Vnkrauts vil einmischen,

Ja etlich also sich erweisen,

Das sie billicher nach vns heysen.

Zu dem so wollen wir also

Versehen diß Stichblatt alldo,

Daß es gar Nutzlich scheinen soll

Vnd vorigen Ghürnen dienen wol.

Wie wolln wir aber es Formiren?

Wir können zwar es nit Visiren

Auff die Art der Trei vorigen Ghürn,

Dan jedes Horn hat auch sein Hirn.

Es muß sein sondere Gstalt haben,

Weil es wird han sein sondre Gaben;

Soll doch wie andre Ghörnt auch sein,

Dan Hörner dienen vns gar sein.

Deßhalb, damit ich on genaden

Den Menschen mög thun Vierfach schaden,

So will ich es zu disen sachen

Viereckecht vnd Vierhörnig machen,

Auff daß es Viermal vil mehr Gifft

In sich halt dan die vor gestifft,

Weil es doch auch aufftragen sollen

Vierfach Bößwicht der ärgsten Wollen,

Welche vil Artlicher dan wir

Können den Schaafsbeltz kehren für,

Da sie doch Sau vnd Bocksart seind,

Wie auß dein Namen wol erscheint,

Welchen wir jhnen gaben sidher,

Vnd nantens Suiten vnd Wider,

Welche Vnsere schöne Namen

Sie doch mit dem Nam Jesu bschamen,

(Jedoch mit List zu vnserm frommen,

Damit sie mehr ins Netz bekommen).

Sie nennen sich die Jesuiter,

Da sie wol hiesen Jesu zu Wider.

Oder wie Jesus hat zumal

Beyd Schaaf vnd Wider hie im Stall,

Also seind sie die Wider drinn,

Deßhalb sie auch auff disen Sinn

Recht heysen Jesu Böck vnd Wider,

Nicht Christen, Christi Schaaf vnd Glider.

Dan vnsre Herd der Nam nicht Zieret,

Sonder vil besser jhr gebüret

Der Herrlich Name Wider Christ,

Der Alters halb berhümet ist.

Aber weil der Nam Wider Christ

Noch etlichen zuwider ist,

Welche doch noch zugwinnen weren,

So that den Namen ich verkehren,

Vnd setzt das förderst recht darhinder,

Auff daß mans finden könt dest minder,

Macht Christ Wider vnd Jesu Wider,

Für Wider Christ, den sonst kent jeder.

Dan wie vil wern von vns getrennt,

Het ich sie Wider Jesu gnennt!

Darumb so solln sie bleiben Wider;

Das vberig versteht jhr jeder,

Wem nämlich sie solln Z'Wider sein,

Nämlich dem Lammlein Gottes Reyn,

Wider welchs ich als der Alt Trach

Sampt meim Stulthier stäts streit vnd wach.

Daher ich dan auch Wider heyß,

Dan wer ist diser, so nicht weyß,

Daß Satan heyßt eyn Widersächer,

Eyn Widergeyst vnd eyn Durchächter

Aller der Schaaf, die nur begeren,

Eyns Hirten Christi Stimm zuhören,

Vnd nicht zugleich auch diß darneben,

Was ich vnd mein Romthier angeben.

Darumb ich disem Stichblatt mein,

Dem Vierhornigen Widerlein,

Keyn bessern Namen geben kundt

Dan meinen, welcher laut so Rund,

Weil man den Kindern, die man liebt,

Gmeynlich des Vatters Namen gibt.

Daher solten sie heysen auch

Von meim Nam, den ich on scheu brauch,

Sataniten vnd Schadaniten:

Weil sie auch Wider Jesum wüten,

Vnd alles, was das Papsthorn schwitzt,

Auch wider Jesu Wort selbst schützt,

Dan hierzu hab ich mir diß Horn

Mit allen Ecken ausserkorn,

Daß es Satanisch auff all Eck

Soll widerstreben Jesu keck,

Soll sein eyn Würffel, der nur gibt,

Wie man jn schüttelt, knipft vnd vbt,

Eitele Eß vnd WiderChristen,

Eitel Quater, dises Spil verwüsten.

Dargegen, weil ich jhm mein Namen

Hab geben, wirds mich auch nicht bschamen,

Sonder, des Namens eingedenck,

Fördern mein Reich durch selsam Renck,

Auff alle Eck, darein ich steck,

All mein Vergifften Teuffelstreck.

Es bleibt eyn *Chornucopia*

Der Schelmerei recht *propria,*

Eyn Vberhaufft vnd- Außgfüllt Horn

Voll Trug, List, Raach, Neid, Gifft vnd Zorn

O Quadricorn, O Widerhorn,

Wan ich dich vmbkehr hinden, forn,

Alleyn so bloß da vorgeschnitten,

So seh ich schon vor deine Sitten,

Gleich wie an seinem Sönlein Zart

Eyn Vatter erkent seine Art;

Ja, ich weyß durch Nachrechnung lang,

Was in dem Orden noch Vorgang,

Ich weyß, daß kommen soll eynmol

Eyn Spanier Ignatz Luguol,

(Zu Teutsch gnant Feurart Lugevol),

Welchem zu erst erscheinen soll

Dises Virhornig Widerhütlein;

Der wirds auffnemmen fürs größt Gütlein,

(Wie Epimethes die Pandor

Mit jhrer Vnglückbüchs voll gfor),

Wirds pflantzen fort in alln Gbieten

Auff sein Sauherd, die Lugvolliten,

Auff sein Ignazianisch Gsellen,

Die gboren sein im Feur der Hellen.

Sintemal je, wie jeder weyßt,

Ignatz jhm Feur geboren heyßt.

Drumb hiesens auch wol, wie wir rhieten,

Vulcaner oder Vulcaniten

Vom Vulcano, meim Hellenschmid,

Welcher on daß nun gleich hiermit

Wird bschlagen diß Vierhorn an Ecken,

Gleich wie den recht Kriegischen Böcken.

Ja Ignazius selber wol

Noch mein Vulcanus werden soll,

Weil er wird hincken wie Vulkan

Von eynem Schuß, den er wird han

Von Frantzosen zwischen den Beynen,

Dan er will auch eyn Kriegsman scheinen.

Aber wan Krieg jhm nicht will glücken,

Wird er zur Geystlichkeyt sich schicken:

Dan wie man spricht, Eyn Landsknecht faul

Gibt noch eyn guten Klostergaul;

Aber komm auß dem Kloster er,

So gibt keyn Ackergaul er mehr.

O freu dich, du Vierhornig Thier,

Wan dein Erst Haupt bekommen wir

Zu eynem Schmid, da wölln wir schmiden,

Daß es soll funckeln voll Vnfriden

Ja all vier Eck vnd theyl der Welt,

Dan drumb ist dein Horn Eckecht bstellt.

Auch freu dich, du Trifach Gehürn,

Welchs dein Kopff streckst biß ins Gestirn,

Hie hab ich dir eyn Ghülffen gschafft,

Welches dir wider helf zu Kraft,

Wan dir vileicht dein Horn wolt sincken,

Oder dein Macht an eym Beyn hincken.

Dan diß breyt Eckhorn hat vier Horn,

Ist vmb eyn Arg Horn Höher gborn,

Besteht für vier Man auff eynmol:

Erstlich für eynen Mönch gar wol,

Darnach für eynen Pfaffen auch,

Zum Dritten, welchs nicht vil im brauch,

Für eyn Verlobten Schulregent,

Der auff sein Art die Jugend wendt

Vnd jhr einbrent durch Bubenwerck

Des Papsts Trifachen Horns Gemerck,

Vnd zum Vierdten für eyn Landstreicher,

Vnd darneben eyn Hinderschleicher.

Secht, wem soll billicher gepüren,

Diß Würffelgviert Platthorn zuführen

Als disen Abgeführten Gsellen,

Die alles eynsmals fassen wöllen,

Haben vier Köpff in eynem Hut,

Vnd in vier Köpffen eynen Mut,

Vnd tragen vnter eynem Kleyd

Vier Ständ von grossem vnterscheyd?

Darumb möcht wol, jhr andre Pfaffen,

Mit dem Hütlein nichts han zuschaffen,

Bchelfft cuch cuerer Pfaffenschlappen,

Vnd secht, daß jhr die Meß Recht Knappen.

Deßgleichen auch, jhr Canonisten,

Jhr Päpstlicher Recht Decretisten,

Bei leib rürt nicht diß Würffelhorn,

Es wird euch stosen sonst im Zorn.

Dan es stoßt auch vil Mönch vnd Pfaffen

Von jhrn Gestifften, jhn geschaffen,

Fürnemlich die Vier Bettelorden,

Die sonst darfür gehalten worden,

Daß sie die Vier starck Räder waren,

Auff welchem fahr mein Kirchenkarren.

Jetzund ligen sie da gestreckt,

Vnbedacht, wo mein Karren steckt,

Diß macht, diß Ghürn ist wol daran

Bei der Trifach Gehörnten Kron,

Dieweil es globet nicht alleyn,

Wie andre Ordensleut in gmeyn,

Trei Glübd: Keuschheyt, Ghorsam, Armut,

Sonder, dieweil es führt am Hut

Vier Horn, so globt es noch zu disen

Das Viert, welchs warlich wol zuwissen,

Nämlich zu sein des Papsts Leibeygen,

Vnd all sein Lehr für Recht bezeugen,

Sein Aberglauben in all Land

Außspreyten, wie ferr ers auch sandt,

Sein Römisch Kirch alleyn auffbringen,

Vnd alle andre nidertringen,

All sein Geheyß, sein trachten, dichten

Mit Blinder Ghorsam gleich verrichten,

On nachgedacht, ob es sei Recht,

Sonder sich vberreden schlecht,

Daß solche Heyligkeyt nicht künn

Etwas arges nemmen in Sinn,

Ja wan er auch Verderbt die Welt,

Nur sagen: Ja Herr, wies euch gfällt;

Ja schaffen, daß man vberall

Jhn anbett hie vnd ihm zufall.

Secht, ist auch je eyn Horn gewesen,

Welchs vom Papsthorn wer so besessen?

Neyn gwißlich! Drumb hab ich zum Stich

Behalten dise Sau für mich.

Ja ich hab diß Vierhornig Thier

Erst bracht auß Thiefstem Abgrund für,

Daß es erst komm zur letzten Zeit,

Vnd verwirr zur Letz alle Leut,

Verfinster auch der Sonnen Klarheyt

Vnd Vntertruck das Liecht der Warheyt,

Vnd schaffe, daß die Leut darfür

Anbetten auff dem Stul das Thier,

Welchs durch mein Krafft speut Frösch vnd Krotten,

Die sich zu dem Eckhorn auch rotten,

Vnd lassen sich auch mit behörnen,

Damit sie Bubenwerck meh lehrnen.

Daher wird auch genant diß Ghürn

Schiltkrotthütlein vnd Krottenschirm,

Auch mein Wurfpeihel vnd Eckpeihel

Vnd meine Würffel vnd Zweckkeihel.

Aber man nenn es, wie man wöll,

Wan jhr nur wüßt, was es sein söll,

Nämlich Vierhornigs Widerhütlein,

Welchs ich brauch für mein letztes Mütlein,

Darmit ich auff all Eck will schirmen

Vnd Jesum, den Ecksteyn, bestürmen,

Vnd jhm nun weisen, was da seien

Meine vier Eck gegen sein Treien

Hat er nicht gnug am Wider Christ,

So ziecht jetzt auch, zu Feld gerüst,

Der Luguollisch Jesu Zuwider,

Der wird es nicht angreiffen nider,

Er wird durch sein Boßhaftigkeyt

Verwesen vnsre Teuffligkeyt.

Deßhalben, O Herr Belial,

O Belzebub, mein Cardinal,

Jhr Feld Theufel vnd Rumpelgeyster,

Die auff betriegen seit die Meyster,

Bei euern Pflichten ich erman,

Steht hie an dise Arbeit an,

Die euch vnd vns zu Nutz gereycht,

Wir werden sonst für Teuffel gescheycht.

Braucht hie all euer Hinderlist,

Die im Hindersten Winckel ist,

Scheißt sie zusammen in die Schlappen,

Die auff vier Ecken thut auffschnappen,

Wan man nur angreift das eyn Horn,

So plitzen noch trei auff vor Zorn.

Nun reg dich hie, du Wüst Profey,

Reg dich, mein Mummersacristei,

Geb mir das ärgst vnd Wüst gerhät,

Welchs man für schön doch anseh stät;

Geb mir Scheinheylig Teuffelthum,

Vnd Vertheuffelt Scheinheyligthum.

Secht da, es ging mir für die Naß

Eyn Gstanck, welchs gwiß keyn Bisam was,

Ist Höllisch Bisam auß dem Pful,

Darein in Ewigkeyt ich fuhl.

Darbei ist gwiß diß Thuch gelegen,

Wie jhr es Pechschwartz secht zugegen.

Da habt jhr meiner Farb eyn Thuch,

Darvon ich selbst offt trag eyn Bruch.

Diß Thuch hab ich selbst zugeschnitten,

Vnd es verderbet wol zum dritten,

Auch hat eyn Schär drob gnommen schaden,

Ehe es zum Vierten ist gerhaten.

Drumb bleibt es wol eyn Meysterstück,

Vnd wird stäts heysen, Der hab Glück,

Der recht kan treffen den Quadrangel,

Daß er auff all Eck hab keyn Mangel.

Nun daß es nicht on Futer sei,
Habt jhr eyn Feur Rot Thuch hiebei,
Welchs man ob der Hellischen Glut
Gefeurt hat, biß es sah wie Blut.
Dan wo Hellisch Pech ist von aussen,
Soll billich drinn Hellisch Feur hausen.
Hie ist auch Fadem zugericht,
Sehr wol gewächsset vnd gepicht
Von Sodoma Gomorra Pech,
Dörfft nicht sorgen, daß er euch prech,
Ich mach sonst drauß Barfüser Cörden
Vnd Strang, wan man sich selbst will Mörden.
Hie sind auch Nadeln, gstählet schon,
Vom besten Stahl von Babylon,
Die selbst Vulcanus hat gestählt,
Der seiner Kunst gewiß nicht fählt.
Nun tapffer an die Arbeyt her,
Stecht drein, als obs das Stichblatt wer!
Arbeyt als Vnsinnige Teuffel,
Hie gilt es vns die Sau on zweiffel!«
Der Belzebub vnd Belial
Vnd die andern Mit Teuffel all,
Die waren nicht zumanen lang,
Sie griffens an gleich in eym schwang,
Namen das Hütlein zugeschnitten,
Sprachen: »Liebs Hütlein, sei zufriden!
Wir wollen dich so schön zubutzen,
Du must vil Tausend Seeln vns Nutzen.
Nun kehr dich vmb, du Widerlein,
Du bist mein Liebes Brüderlein,
Du bist nit feyl vmb die Statt Rom,

Dan du bist dahin der recht Krom.

O wie wird dich das Trifach Ghürn

Von vnsertwegen so hoch ziern!

O wie wirstu von vnsertwegen

Jhm wider dienen nach vermögen!

Drumb nemmen billich wir die Müh,

Daß wir dich schön staffieren hie.

O Schönes Satanitenhäublein,

Wie manchen wirstu vberdäublen

Durch deinen Vierhornigen Schein,

Bei dem wir sonst nicht kämen ein.«

Diß sagten sie, vnd sungens schier,

Vnd stachen allweil drein mit Gier,

Spitzten die Hörner artlich Rund,

Setztens auff, daß es artlich stund.

Sie vberstülptens auch, zusehen,

Wie auff dieselb weiß es wird stehen,

Ob etwan solche Narren kämen,

Die auff dieselb weiß es annemen.

Sie zogen Fädem durch die Mitt,

Vnd Trähtens dran herumb all Ritt,

Sie wurffens auch bei guter Rhu

Eynander für Wurfpeihel zu,

Vnd spielten als mit Würffeln mit,

Thief oder Blatt, Ruck oder Schnitt.

Des Teuffels sein Großmutter Alt

Samt jhren Töchtern Vngestalt

Speuten in jhr Schwartz Runtzlecht Händ,

Strichen das Hütlein auff all End,

Daß es gab Funcken wie die Katzen,

Wan man sie vber Ruck will kratzen.

Sie brauchten auch dick Fingerhüt,

Warn ob dem Hütlein sehr bemüht,

Brachen zwo Nadeln ob dem Nähen,

Wie auch Vulckan es hab versehen:

Wan Bruder Naß zu jhn kompt schwitzen,

Wird ers jhn wider können Spitzen.

Secht, wie groß Müh diß Hütlein nam:

Drumb ist den Schneidern keyne Scham,

Daß sie diß Hütlein mit sein Falten

Für jhr gröst Meysterstuck heut halten,

Weils doch die Teuffel saur kam an,

Ehe sie vollbracht die Hornschlapp han.

Was müßt erst Meyster Nasen gschehen,

Wan er dergleichen Ghürn müßt nähen?

Er wird gewiß darob mehr schwitzen,

Als wan er soll böß Feder schlitzen.

Nun, Frater Naß Näh, was er hat!

Ich muß widerumb zur Werckstatt.

Die Teufel waren all nicht Müsig,

Sie Nähten drein all Vnverdrüssig,

Es gieng von statten, als ob schlecht

Jhr Bruder Naß, der Schneiderknecht,

Eym Barfüser eyn Mönchskutt flickt

Oder eyne Schändhury stickt.

Etlich die Nadeln spitzten sein;

Etlich, die Fademten ein;

Etlich das Cornut Hütlein Meßten

Nach dem Triangel vnd es Preßten;

Etlich mit Heysem Steyn es brannten;

Etlich vber den Leyst es spannten.

Den Leyst nanten sie Heuchelei,

Den Steyn die Römisch Lieferei,

Den Triangel Papsts Fantasei,

Die Nadel Römisch Tyrannei;

Den Fadem nant man Aberglaub,

Das Thuch sampt Futer Gottsehr Raub,

Den Seiden Bord, Schmeychlei genant,

Vergaß man auch nicht an dem Rand.

Als es nun fertig was bißher,

Da ruft erst Laut der Lucifer:

»Nun schließ dich auff, mein Arckelei,

Mein Schatzkammer voll Schelmerei!

Nun nempt, jhr Hütleinmacher, drauß,

Damit jhr spickt diß Hütlein auß!«

Der Beelzebub alsbald darhinder

Laß zusammen das ärgst Geplünder,

Nähts forn zur Spitzschlacht ins Spitz Ghürn,

Als die Verschamt Hörnin Hurnstirn,

Vernähet drein Abgötterei,

Verblendung vnd Verzauberei,

Den Teuffelslist im Paradyß,

Die Schmeychelwort, vergüfftet Süß,

Falsch Hertz, Falsch Sinn, Arglist, Betrug,

Scheinarmut, die vollauff hat gnug,

Die Jugend vmbsonst wöllen lehren,

Vnd sie doch Theur genug verkehren,

Andre Trösten vnd selbst verzagen,

Ehrgeitz vnd Rhumsucht, still verschlagen,

Zur Augenblendung sein Demütig,

Aber im Hertzen Bärenwütig,

Sich stellen Eusserlich Andächtig,

Aber im Hertzen sein Schanddächtig,

Im Schein Eusserlich Phariseisch,

Im Hertzen heymlich Saduceisch,

Viermal sich Geysseln in der Wochen,

Das vngzämt Fleysch zuvberpochen,

Eben gleich wie die Baalspfaffen,

Vnd gleichwol, weyß nit, bei wem schlafen.

Vnter vermummter Hurerei

Geloben Grose Keusche Treu,

Die Pfaffenköchin schelten hoch,

Vnd verkleyd Huren halten doch,

Den Falschen Rhat im schönen glantz

Vnd hinden mit eym Trachenschwantz.

Solchs alles ins Erst Horn er näht,

Darzu er sonderlich auch thet

Falsch Wunderzeychen, welche schafft

Der Teuffel durch sein Trüglich Krafft.

Darneben nam auch Belial,

Was jhn gut dunckt, in seinen Stall,

In die Spitz Flügelhörner beyd,

In die Hörner der Schlacht zur Seit,

Als Allerhand Sophisterei,

Verkehrt Heydnisch Philosophei,

Sophistisch Griff, Ränck, Tück vnd Stück,

Vnd Argument voll Zweiffelstrick,

Vil *Crocodylitates* groß

Vnd *Syllogismos Cornutos:*

Diß hastu, was nicht hast, Perdirt,

Die Hörner hast nicht Amittirt,

Ergo, die Hörner hastu noch,

Komm ich nicht bald, Schlief selbst ins Loch;

Vnd andre vierfach Argument,

Die eyn im Finstern bald han blendt,

Auch weit gesuchte Fremd Außlegung,

Neu Distinction vnd Zerlegung,

Die Kunst, Fürtz für Gwürtz darzuschieben,

Des Papsts Kaat für Biesam zulieben,

Mutirn *Quadrata Rotundis,*

Spitz für Knöpff, vnreyns *pro Mundis.*

Item das Frefel Plaudern Breyt,

Die Närrisch groß Vermessenheyt,

Alls vngereimts zudefendiren,

Vnd vmb den Gänßtreck eyn zuführen,

All Greifflich Mißpräuch zuverkleyben,

Eynen mit Gschrey zuvberdäuben,

Alles, was vom Papst stinckt, zuräuchen,

Allen sein Harten Treck zuweychen,

Die Warheyt an den Papst zubinden,

Vnd jhn als eyn Ecksteyn zugründen,

All sein Decret, Concilia

Zuhalten für Euangelia,

Zuglauben, daß er on all sachen

Mög Neu Glaubens Articul machen,

Vnd was er redt, sei Gottes Mund,

Wan es schon ist des Trachen Schlund;

Vnd wan man für jhn komm getretten,

Müß man mit Fußfall jhn anbetten,

Treimal zum Fall an die Brust schlagen,

Vnd Treimal Miserere sagen.

Auch ander vil dergleichen Kunst,

Vnd allerhand sonst Lugengspunst

Sampt Vergifftung der Jugend zart
Näht Belial zur Seiten hart,
Er schiß die Seiteneck allbeyd
So voll Viereckecht Gschicklichkeyt,
Das Lucifer gleich sagt: »Ich meyn,
Sie solln mein Dientenhörnlein sein,
Darauß ich allzeit Vollauff hol,
Darmit ich meine Lugen mol.«
Nun weiter, daß man fertig bald
Den Nachtruck vnd den Hinderhalt,
Dasselbig hinderst Horn staffirten
Vil Teuffel mit vil Teuffelszierden,
Mit Blutpractic vnd Greulichkeyt,
Mit Mordstifftung, Vnfridsamkeyt,
Mit den Schürgabeln der Verhetzung,
Vnd mit Feurpfeilen der Verletzung,
Mit den Vergifften Lugenspiesen,
Mit Händeln wider das Gewissen,
Mit Stummer Sünd, Verrhäterei,
Vnd Mamelucken allerley,
Welche wol heysen Teufels Lucken,
Weil sie gar wol sein Art außtrucken
Vnd als diß Eck nicht gwichtig war,
Setzten die Teufel sich drein gar:
Die halten recht die Hinderwacht,
Schützen das Hütlein in all Macht,
Stieben herumb zu den Quartiren,
Sie meh zuhetzen vnd zuschüren;
Sind recht Brandschürer, Lermenblaser,
Vnd aller Rhu Ertzfeind vnd hasser.
Secht, seind diß nit gar schöne Gaben,

In disem Hinder Eck begraben?

Seind diß zum Stich nicht gute Blätter?

Keyn Wunder, das vil Hechssenwetter

Entstehn, vnd daß der Luft wird zornig,

Wann darein kompt diß Thier Vierhornig.

Derhalben auch der Lucifer,

Da er sah außgemacht so ferr

Diß Hütlein sampt dem, was drinn stack,

Vor Forchten selber er erschrack,

Weil jhm vor Augen gleich thet schweben,

Was für Jamer es werd erheben.

Gleichwol sprach er: »Nun zörn, wer wöll,

Diß Hütlein bleibt doch vnser Gsell,

Vnd vnser letzt Geburt vnd Gschöpf,

Welchs ändern soll alsbald die Köpf,

So bald man es nur wird auffsetzen,

Solls gleich eyn ander Art einetzen.

Vnd solch kraft baß jhm zuerwecken,

Sampt allen Hütlein, die drinn stecken,

So wollen wir es nun einweihen,

Vnd jhm solch vnser kraft verleihen.«

Auff diß, so legt er für sich dar

Diß Widerhörnlein, wie es war,

Holt auß des Vulcans Finster Kammer

Höllisch Pech, Schwebel, Rauch mit Jamer,

Das Babylonisch Römisch Gifft,

Des Fegfeurs Niblig Lüft vnd Düfft,

Räuchert diß Sorglich Hütlein wol,

Auff das es stäts des Gstancks bleib voll.

Er Räuchert es so manche fart,

Daß es darvon noch Schwärtzer ward;

Er Pichts auff alle Eck vnd Spalten,

Auff das es mög sein Vnflat bhalten;

Er Feurets wie eyn Neues Faß,

Auff das es seinen Gschmack nicht laß;

Er Feurts so sehr, das etlich Hörnlein

Fiengen zuzeygen an eyn Zörnlein,

Gaben von sich solch Horngestanck,

Daß die halb Welt darvon ward Kranck.

Damit nun Meyster Lucifer

Disem Geschmack was helff vnd wehr,

Ließ er drüber eyn solchen Scheyß,

Darvon man noch zusagen weyß,

Dann daher kompt es, das man spricht,

Die Suiter vnd jhr gedicht

Seien des Teuffels Letzter Furtz,

Der doch vor angst jhm ward zu kurtz.

Hiernach, als dises auch vollend,

Die Augen er im Kopf vmbwend,

Gleich wie eyn Kalb an eynem Strick,

Vnd gab die Teuffelischten Plick,

Das die Jung Teuffel schier erschracken.

Da nam er erst seinen Feurhacken,

Legt jhn auffs Hütlein schön mit Ehren,

Vnd hub zwen Finger auff zu Bschweren.

»O Hütlein,« Sprach er, »Widerhütlein,

O du Viereckechtes Suitlein,

O Hütlein, aller Hüt eyn Butz,

O Hörnlein, aller Hörn eyn Trutz,

O Hütlein, vor dem man sich hüt,

O Hütlein, welchs nur Schälck außbrüt,

Ja Vierfach vnd Viereckecht Schälck,

Gefütert mit Vier Teuffelsbälck,

O Hütlein, auff vier Eck gewendt,

Auß böser Stuck Vier Element,

Dich soll Anbetten vngescheuet

Alles, was sonst mein Hörner scheuet.

Vnd wer dich ehrt, Hoch oder Nider,

Der soll geehret werden wider;

Wer aber dir wird Widersprechen,

An dem wolln wir vns vierfach Rechen!

O Stoltzes Hütlein, Heuchlisch Hütlein,

Nun wacker, Nun erheb das Mütlein,

Du wirst durch eynen Heylgen Namen

Die Heyligkeyt noch selbst beschamen,

Du must vnser Wünsch Hütlein sein,

Durch welchs wir vns fein kaufen ein.

O Widerlein *Cornipeta,*

Nun heb vnd Tollir *Cornua,*

Weil wir die Hörner dir Addiren,

So magstu sie wol Practiziren.

Nun mein Hirnstoserlein, Stoß hin,

Vnd sei eyn Spin für eyne Bien;

Stoß vmb, wo wir nicht mögen stosen,

Vnd verderb, was wir vberig losen!

Nun weicht dem Hütlein, weicht jm do,

Cornu ferit ille, Caueto.

Das Widerlein stoßt auff vier Ecken,

Es kan den Teuffel gar außecken.

O Trughaffts Hütlein mit Vier Scheinen,

Schein anderst, als wir es gemeynen;

Ja schein, als werst der Jesus Glider,

Vnd sei doch stäts Jesu zu Wider.

Wider dich wider jhn allzeit,

Arietier auff alle seit

Durch all Quartier der gantzen Erden,

Vnd verführ, wo es nur kan werden,

Auch die Erwehlten durch falsch Ränck,

Durch Wunderselsam Lugenschwänck.

Thu Wunderzeychen durch mein kraft

Vnd behalt all mein Eygenschafft.

Verhetz die Leut, Mach Meiterei,

Helf zu Verfolgung, Tyrannei,

Schärf dem Papst sein Keraunisch Stral,

Sein Fluchen, Bannen allszumal.

Sei du das Hornthier, welches schaft,

Daß man anbett der Besty Krafft.

O Suitet, Satannitet,

Aller Schelmerei Quotlibet,

O du Neue Pandorae Büchs,

Eyne Grundsupp alles Vnglücks,

O Vulcaniten, Lugvolliten,

Ignazianer, Sataniten,

Euer Höllisch Vierhornigkeyt

Hab ich zum Stichblatt mir bereyt.

Jhr seit mein rechte Eychel Sau,

Auf die ich jetzund bau vnd trau.

Euere Quadricornitet

Ist mein letzst Tracht zu dem Pancket.

Euch alleyn mein Nam Satan gbürt,

Weil jhr wie Würffel ab seit gführt,

Vnd eben gleich, wie ich auch, schnöd

Dem Ecksteyn Jesu Widersteht.

O du schönes Cornutenschläpplin,

Du gibst eyn gutes Mummerkäpplin.
O Hornstirn, O Hurnstirn,
O Hörnertrutzig Eckecht Hirn,
Du bist erwünscht auff all vier Eck,
Zu sein eyns Wider Christen Deck,
Dan auff all Eck kanstu dich schrauben,
Gleich wie Protei Zauberhauben,
Vnd kanst an Höfen dich einschicken,
Vnd in die Schulen dich einflicken,
Zublenden beydes Jung vnd Alt.
O Würffelhütlein Wolgestalt,
Nun mach dich auff die Fart dahin
Mit deim Vierfachen Bubensinn;
Füg dich in die Vier Eck der Welt
Vnd sei vnser Leutenant bestellt:
Was wir für Vnrhu nicht erwecken,
Die erweck du mit dein Vier Ecken!«
Sobald der Lucifer diß hett
Vber dem Hütlein außgeredt,
Verschwund der Tag im Augenplick,
Daß man nicht sehen kont eyn Stick,
Vnd ging solch schrecklich Tonnern an,
Daß drab erschrack gleich jederman,
Vnd war nicht anderst anzusehen,
Als wolt der letzte Tag zunähen.
In deß, weil also zörnt der Himmel,
Verflog das Hütlein im Getümmel
Vnd fügt sich zu den Menschen schnell,
Daß es sie plag, vergifft vnd quell
Vnd Recht erweyß durch Buberei,
Daß es das ärgste Hütlein sei,

Ja daß es alles diß erstatt,

Darzu es Satan bschworen hat.

Secht, also habt jhr lieben Leut,

Den Vrsprung alles vbels heut,

Vnd wer eyn solchs nicht glauben will,

Der wirds bald fühlen nur zu viel.

Hiemit so nempt also für gut,

Jhr Suiter, mit vnserm Mut;

Auffs nächst, wann Eur Cornutitet

Anderst auffsetzet jhr Paret,

Wollen wir diß, welchs hie nun wird

Legentenweyß alleyn Tractiert,

Comedyweiß auch führen ein.

Darzu wöll vns behülfflich sein

Mein Meyster Naß mit Fadem recht

Vnd eym par Totzend Schneiderknecht,

Die Vns, wan das Spil soll geschehen,

Darbei eyn Totzend Hütlein nähen.

Wolan, mein Naß, benaß es wol,

Dann diß dein Meysterstück sein soll;

Vnd triffsts nicht recht, mein Meyster Hans,

So seh zu, welcher gwinn den Krantz:

Dann es ist noch dahinden blieben

Das Eynfach Kappenhorn vnbschriben,

Welchs wir nur vberloffen haben

In Hoffnung, mit mehr Nachzutraben.

DIXI.

I. LICET, MISSA EST.

EST MISSA, LICET. I.

PLAUDITE.

Getruckt zu Laufannen, Bei Gangwolf Suchnach.

Anno M. D. LXXX.